아흔에 색연필을 든
항칠 할매 이야기

호밀밭

정석조

1931년 영천 고경면에서 태어났다. 일제 치하에 초등학교를 다니다 중퇴하고 열아홉에 결혼, 6·25 전쟁 때 부산으로 이사 왔다. 다른 어머니도 다 그렇듯이 남편을 뒷바라지하고 2남 2녀(희창, 원창, 혜경, 양경)를 정성으로 키웠다. 재작년부터 코로나가 닥쳐 외출하기도 힘들고 해서 미술 교사인 막내딸의 코치를 받아가며 일 년 반 동안 스케치도 배우고, 색연필로 색칠도 해 보았다. 그림 소재를 찾는다는 구실로 아들딸과 부산 근교를 돌아다니니 좋았다. 열심히 그리다 보니 시간도 잘 가고 재미도 있었다. 부족한 그림들을 책으로 묶어낸다니 그저 어리둥절할 뿐이고, 또 고맙기도 하다. 우리 이웃들도 모두 힘내어 열심히 건강하게 살았으면 한다.

장희창

정석조의 아들. 동의대 교수를 지냈으며, 현재는 독일 고전문학 연구와 번역에 종사하고 있다. 지은 책으로 『장희창의 고전 다시 읽기』, 『고전잡담』 등이 있고, 옮긴 책으로 괴테의 『파우스트』, 『색채론』, 귄터 그라스의 『양철북』, 『게걸음으로』, 『양파 껍질을 벗기며』, 『암실 이야기』, 니체의 『차라투스트라는 이렇게 말했다』 등이 있다.

아흔에 색연필을 든 항칠 할매 이야기

그림 항칠 할매 정석조

글   아들 장희창

* 항칠은 '그림 그리다'의 경상도 사투리다. 어감이 가볍고 부담이 없어 우리는 정석조 할머니를 그냥 항칠 할매라고 부른다.

아흔 살 항칠 할매의 그림 이야기

나의 노모는 같은 아파트의 같은 단지 안에 혼자 산다. 올해 아흔하나의 나이다. 같은 단지 내에 막내 여동생도 산다. 노모는 가끔 김치를 담가 아들과 딸네 집에 가져다준다. 반찬을 가져다줄 때는 아들 집에 더 자주 가고, 수다를 떨고 싶을 때는 딸을 더 자주 찾는 것 같다.

노모는 부지런한 편이다. 아침에 일어나면 목욕부터 한다. 그러고는 청소를 하고 아침을 먹고, 대개는 영도에 있는 단골 절간으로 간다. 버스를 두 번 갈아타고 한 시간 반, 왕복 세 시간 걸린다. 그래도 절에 가 있으면 좋은 모양이다. 친구들도 있고, 또 부처님 말씀도 듣고. 어떤 때는 딸이 따라간다. 운전을 해주니 편하다고 좋아한다.

작년 겨울 코로나 바이러스가 전 지구로 퍼져나갔다. 아, 이제는 절에도 못 간다. 이렇게 갑갑할 수가. 했던 청소를 또 하고, 반찬을 만들고 또 만들 수도 없다. 그래서 미술 교사인 여동생이 밑그림이 그려져 있는 노트와 색연필을 사와, 색칠을 해보라고 노모에게 건네주었다. 꽃 그림을 칠하는데 손을 덜덜 떨면서도 선 밖으로 넘어가지 않고 예쁜 색을 잘 골라 칠하는 편이다. 그러다가 직접 스케치도 해보고, 화분도 그려보고, 바닷가에서 보고 온 소나무도 그려보면서 차츰 재미를 느낀다. 처음 그린 소나무를 보고 나는 단박에 그런 느낌이 들었다. <u>저건 그림이 아니고 바느질이야. 바느질만 70년을 해왔으니, 그 노동의 흔적이 무의식에 들어 있다가 저렇게 소나무 한 잎 한 잎으로 모습을 드러낸 거야. 맞아.</u> 그 노동의 세월이 조금은 이해가 된다. 우리 어머니들은 고난의 세월을 저렇게 정직한 노동으로 살아온 거다.

노모의 작품을 페이스북에 올려놓았더니, 페이스북 친구들이 좋아한다. 구순의 할머니가 색연필을 들었다니 신기하기도 하고, 그런대로 노모의 마음이 전달되어 반가운 모양이다. 단지 호기심 때문이라기보다는 동시대를 힘겹게 살아가는 이웃에 대한, 어려운 시대를 건너온 어머니들에 대한 공감의 시선일 테지. 페친들의 다정한 댓글들은 고맙기만 하다. 그림을 보는 눈이 거의 비슷하다. 어떤 페친은 왜 그림을 올리지 않느냐고 재촉하기도 한다.

그렇게 거의 2년이 지나간다. 이제 코로나의 충격도 어느 정도 극복되어 가는 것 같다. 그동안 노모의 일상도 어느 정도 변했다. 식구들을 위해서 뼈 빠지게 봉사만 하느라 즐기지 못했던 일상이 조금씩 보이나 보다. 딸이 운전해 장안사도 가끔 다녀온다. 그러고는 돌아와 장안사 풍경을 그리기도 했다. 토요일이면 출근하지 않는 딸, 그리고 아들과 함께 바닷가의 아늑한 카페에 가서 커피도 마신다. 커피 이름이 왜 그렇게 어려운지. 에티오피아 커피, 케냐 커피, 과테말라 커피, 이런 커피가 있는 줄을 노모는 처음 알았다. 소나무도, 파도도 이제 조금은 보이는 모양이다. 저녁 무렵이면 동네 커피숍 창가에 앉아 어스름이 깔리는 것을 보며 좋다!를 연발하기도 한다.

평범한 것이 이처럼 소중할 줄이야. 그러니까 코로나는 일상과 평범한 삶의 소중함을 우리에게 일깨워준 것이다. 방안에 갇혀 움츠러들어 있지 않고 할 수 있는 한도 내에서 살금살금 자기표현을 하며 지내니 그런대로 즐겁게 지낼 수 있는 거구나.

페친들의 댓글은 재미있다. 일종의 실시간 교감이다. 그림을 올려놓으면, 즉각 반응이 온다. 꽃바구니에 그려진 국화를 보고, 웃는 꽃바구니로 꽃이 쏟아져 나옵니다. 마음이 반듯해집니다, 라고 한 댓글이 가장 인상에 남는다. 색 감각이 밝고 따뜻해요, 나비를 이렇게 아름답게 그리시다니 마음속에 나비가 살고 있었나 봅니다, 퍼들퍼들한 생명의 숨결이네요, 춤추는 나무 말하는 그림이네요, 자연을 끌어안으셨네요, 어머니의 그림은 온 우주입니다

사랑처럼예, 따뜻한 그림들을 보니 평화가 내 곁에 있는 것 같아요, 그림에 몰입하는 동안의 환한 내면이 화면에 가득합니다, 현실을 동화처럼 동심처럼 바꾸면서 보는 사람 마음을 기분 좋게 명랑하게 해주는 힘이 있어요, 기존의 틀에 얽매임 없는 어떤 천의무봉의 경지에 이른 듯합니다, 화려한 듯하지만 현란하지 않아 마음이 기뻐합니다, 우리네 가슴 깊은 곳에 잊어버렸던 향수를 자극합니다. 그중에서도 그림에 꾸밈이 없어요, 라는 것이 가장 흔한 반응이었다. 냉철한 전문가가 아닌 페친들의 반응이니 다정다감 일색일 수밖에.

아들이 보기엔 꿈틀거리는 소나무 둥치와 이파리들을 그린 씩씩하면서도 섬세한 터치가 좋다. 식구들 먹이려고 정성으로 반찬 만들고 재봉틀로 옷감을 누비는 장면들이 눈에 선하게 떠오르기 때문이다. 마음속에도 빛이 있기에 외부의 빛도 볼 수 있는 것이고 그 둘이 만나는 현장에서 색채가 생겨나는 것이 아니겠는가. 그러니까 색채라는 것도 공생과 조화의 산물이다. 어떤 페친은 그것을 이렇게 말한다. <u>그림이란 보는 사람의 느낌과 그리는 사람의 마음의 만남이 아닙니까.</u> 또 어떤 페친은 이렇게 말한다. <u>그림을 보지 말고 어머니 마음을 보세요.</u>

그 어머니가 꼭 정석조 할머니이겠는가, 착하게 살려고 노력하는 우리 이웃들의 마음인 것이지. 세상살이가 험난할수록 사람에게 사람보다 귀한 것은 없지 않은가 하는 생각이 든다. 코로나의 와중에 최일선에 서서 갑갑한 방호복을 입고 고군분투하는 의료진들이 생각난다. 그렇게 고생하는 분들이 있어서, 정석조 할머니도 마음 놓고 그림을 그릴 수 있었던 것이다.

2021년 겨울, 아들 장희창 씀

2020 봄·여름
밑그림 연습

코로나가 오고 할매는 화분과 나비를 그린다

2020년 5월 13일

　　노모는 코로나 때문에 절간에도 못 가고
방콕하자니 힘들다. 미술 교사인 여동생이
색연필과 스케치북을 사다 주고 베란다에 있
는 화분 등 이거저거 그려보라고 한 모양이
다. 아흔에 시작한 예술가의 길. 그 첫 작품!
페친분들이 다정한 댓글들을 달아주시는데,
자세히 보니 그 하나하나가 생생한 짧은 해
설이다.

ㄴ 간결하게 나타내신 데서 연륜이 드러납니다. 이런 마음이 곧 우리가 궁극적으로 가닿을 곳이라는 생각을 합니다.

ㄴ 그림 그리기의 절반은 '사물을 보는 눈', 즉 관찰력입니다. 노모님의 관찰력이 뛰어나시네요. 사람들은 이걸 보통 재능이라고 말하지요.

ㄴ 삶의 연륜이 느껴집니다. 보는 이에게 기쁨을 줍니다.

ㄴ 어릴 때 마음이 나타나는 것 같습니다. 늘 건강하시길 바랍니다. 이 글 보고 친정어머니께 권해드려야겠단 생각이 들었어요.

ㄴ 색에 대한 감각이 있으셔요. 화첩과 연필, 앞으로 부지런히 사드리셔야 할 겁니다. 숭고한 행위로 보입니다.
　삶의 구속에 저항하며 일상을 끝없이 풍부하게 하시는 것에 경의를 보냅니다.

ㄴ 노모께서는 화분 뒤 받침이 눈에 보이는 천리안을 가지셨거나 시공을 초월한 물아일체의 신비를 터득하셨군요.
　작은 햇살이 가슴으로 전달됩니다.

ㄴ 우와~~ 대단하심. 직접 보는 화분보다 훨씬 정감 있고 따뜻함. 저도 크레용과 스케치북 두 분 어머님께 선물해드려야겠어요.

ㄴ 조그마한 것 하나도 잘 보관하십시오. 시간은 그 속에서 영원으로 자리합니다.

ㄴ 색을 보아 마음 따뜻하신 어르신임을 한눈에 알겠어요.

ㄴ 보이지 않는 곳의 뿌리까지 그려내십니다.

ㄴ 무, 당근 고구마 감자 등등 다 땅속에 안 있습니까. 그걸 늘 요리하니까 생활 속에 이미~~

ㄴ 형님~ 제가 초딩 6년 동안 전교 미술 대표를 한 전문가(??)의 시각으로 볼 때
　숙모님의 그림은 맑은 영혼과 순수함이 가득한 작품이라 평할 수 있습니다~

2020년 5월 19일

　길 건너 사는 노모. 코로나로 외출이
힘들어 그림 그리기 삼매에 푹 빠졌다.
그저께 들렀더니 어떤 민화를 보고 이렇
게 그려놨네. 나비는 그런대로 생기가
있는 거 같기도 하다. 페친들이 이런 반
응을 보이신다.

*참고 도서
김정아, 『우리 민화 여름 컬러링북』(아이콘북스, 2019)

ㄴ, 날아다니는 나비를 갖다 붙인 듯…

ㄴ, 진짜 리얼리 잘 그리시네요. 어머님 미술학원 하시면 저 등록할랍니다~

ㄴ, 와, 나비가 꽃에 앉으려다 미끄러질 것 같습니다.

ㄴ, 어머님, 지금처럼 건강하게 그림 그리시며 늘 평안하세요.

ㄴ, 정말 대단하십니다. 보자마자 저는 자개농 그림인 줄 알았답니다. 어르신 건강하이소~~

ㄴ, 어머님께서 그동안 숨겨놓으신 재능을 조금 꺼내놓으신 듯… 아직 놀랄 일이 더 있을 듯합니다. ^^

2020년 5월 26일

노모 집에 며칠 만에 들렀더니 열공 중이네. 항칠 할매 왈.

"시간 우찌 가는지 모리게따."

코로나 터널 언제 끝날지도 모르고. 매일 출근하다시피 하던 절간에도 못 가고 시간 때우기는 딱이네. 심심하다며 짜증도 안 낸다. 근처에 사는 아들딸도 잘된 점이 있다. 수시로 방문하여 여기 청소 더 해라, 밥은 꼭 챙겨 먹어라, 잔소리 안 들어도 되니까.

┗, 디테일이 살아 있습니다.

┗, 소녀 감성과 섬세한 손길이 여전히 살아 계신
　어머니께서는 만수무강하시겠습니다~

┗, 우와~ 정말 대단하세요.
　진즉에 그림을 그리셨더라면 좋았겠지만,
　지금이라도 시작하셨으니 너무 다행이에요.
　나비를 이렇게 아름답게 그리시다니
　마음속에 늘 나비가 살고 있었나 봅니다.

┗, 아이처럼 날고 싶으신 걸까요,
　색과 마음이 너무 아름답습니다.

2020년 6월 29일

길 건너 사는 노모 두 달째 수련 중.
연꽃잎들은 바람에 날리고,
물고기들은 물속에서 신나게 돌아다닌다.

┗ 할머니의 슬기로운 집콕 생활!이군요. ^^

┗ 어머님의 연밭에는 연이 올라와
    꽃이 활짝 피었네요.
    연꽃 피는 시기가… 지금인가요?

┗ 그림 그리며 행복해하시는 모습이 상상됩니다.

*참고 도서
김정아, 『우리 민화 여름 컬러링북』(아이콘북스, 2019)

2020년 7월 2일   고집깨나 있어 보이는 장닭

노모는 그림 그리기 삼매에 빠져 있고, 덕분에 잔소리가 줄었다. 어제 들렀더니 장닭 한 마리를 삶아 놓았네. 아니 그려 놓았네. 노모가 우리 형제에게 삶아주었던 닭은 몇 마리나 되는 걸까. 삶은 닭만 늘 보다가 살아 있는 닭은 오랜만이다. 장닭이 눈이 부리부리한 게 고집깨나 있어 보인다. 꼬끼오오~~~

┗ 와~ 관우와 장비의 중간 느낌이…

┗ 본래 이런 좋은 솜씨를 가지신 분이셨던 것 같습니다. 다만 낯선 재료에 익숙해지시니 그림이 수월하신 듯하고요. 갈수록 엄청난 그림을 그리실 거라 기대됩니다.

┗ 진짜… 닭을 얼마나 삶았을까요. 저도 오늘은 닭을 삶아볼까 싶네요. 장닭의 기상에 코로나 물러서거라!!!

┗ 늘 느끼지만 어머님의 색 감각이 참 밝고 따뜻하신 것 같아요.

2020 가을·겨울
손 가는 대로 마음 가는 대로

장안사 가을을 종이에 담다

2020년 10월 17일

　　어제 노모 집에 들렀더니 집안에 웬 소나무 한 그루가. 일주일 전 청사포 바닷가에서 300년도 더 된 소나무를 보고는 감탄사를 연발하더니 기어이. 실물과 형태가 많이 다르기는 하다. 코로나에 그리고 척추협착증에 시달리느라 외출도 잘 못 하니 상상의 나래라도~~

ㄴ 고대 이집트 그림 같아요. 원근이 무시되고 솔가지를 다 보여주기 위해 늘어뜨린 모습이.

ㄴ 나무가 커서 실제로 밑에서 보면 쏟아질 거 같은 압도적인 느낌이 들어요.

ㄴ 고흐와 이중섭의 화풍을 함께 느낄 수 있네요.

ㄴ 500년은 된 국보급 소나무.

ㄴ 어머님도 소나무도 참 아름답습니다. 웰에이징의 모범 답안인 듯. ^^

ㄴ 오. 세상에 하나뿐인 그림! 꽤 긴 시간 눈, 손, 마음이 하나로 모였겠어요. 그 집중력! 멋진 어머님~~
　저도 울 엄마랑 함께 그림 그려보고 싶은 생각이 퍼뜩 들었습니다.
　좋은 그림 공유해주셔서 고맙습니데이~~

ㄴ 금방이라도 솔방울이 맺힐 듯한~~ 생생함!

주머니에 손 찔러 넣고 쌕 매고 어디 가는 거니?

겨울 나그네, 아니 가을 나그네?

└ 피어오른 단풍을 즐기시려는 듯. 여유로운 산책길로 보입니다.

└ 노모님 그림이 좋은 점은 옛 그림 형식을 그대로 가지면서도 현대적인 표현을 하신다는 점입니다.
　게다가 최근 그림을 글로 치자면 어휘력이 유창해지셨습니다.
　초창기 그림은 단어 숙련기였다면 지금은 문장이 이뤄지고 있다고 보시면 됩니다.
　좀만 더 그리시면 노모님의 옛 기억이나 추억에 기반한 재밌는 그림들이 나올 거라 기대됩니다.

└ 어머니 멋진 화가!!!! 주머니 손 찌른 사람 장 교수님 뒷모습이네요.

└ 등에 멘 건 가방이 아니라 아기를 업은 포대기 끈과 아기 머리, 놀라워요, 어머님의 기억.

2020년 10월 29일

가을, 소풍이나 살살 가볼까요?

세상 근심 다 잊고, 즐겁게 가을 속으로 걸어가보자.

└, 모친 모시고 야외 스케치 함 다녀오이소. 김밥도 몇 줄 준비하시고 탁배기도 두배이 준비하시고요.

└, 색감과 터치가 예술성 뿜뿜입니다. '현대 민중주의의 고전적 화풍'이랄까…
   선생님, 열심히 그리시고 또 잘 모으셔서 전시회를 하셔도 좋겠습니다. 진심입니다.

└, 왜 눈물이 날 거 같은지요. 제가…

└, 오르세 미술관에 전시해도 두각을 보일 수 있는 그림입니다. 그림이 막 살아 움직이네요.

└, 색감이 너무 좋아요. 마음이 말랑말랑해지는…

2020년 11월 7일   장안사의 가을

    노모의 그림 코치이자 운전기사인 막내딸, 그리고 아들인 나는 코로나 동안 기장 장안사에 가끔 들렀다. 모녀는 우선 대웅전에 들른다. 신앙심 별로인 아들은 거대한 도토리나무 근처에서 빈둥빈둥. 도토리가 여기저기 떨어져 있네. 주차장에서 절간으로 건너가는 돌다리 입구에는 삶은 옥수수를 파는 할머니가 앉아 계신다. 5,000원에 찰옥수수 한 봉지면 셋이서 먹고도 남는다. 찰옥수수는 냠냠 뜯어 먹기 좋다. 입을 앙 벌려 옥수수 알갱이를 뜯어 씹노라면 왠지 원시인으로 되돌아간 느낌이 든다. 그리고 근처에 있는 제법 세련된 카페에도 들른다. 무슨 에티오피아 커피 등등 평소에 먹어보지 못한 여러 종류의 드립 커피를 마셔본 노모는 이제 커피 맛에 제법 익숙해졌다. 노모는 토요일을 기다리는 눈치다. 가을 바람 시원한 야외에 앉아 한 잔의 커피를 앞에 두고 아들딸과 그림 이야기도 하고 세상 이야기도 나누니 즐겁지 아니한가. 그러다가 여기저기 그림 소재도 살펴보고. 이번 그림은 장안사를 보고 온 날 그린 것이다. 어떤 늦깎이 수련생이 이래 항칠을 해놓고는 장안사 가을이라고 우긴다.

∟ 상큼한 봄 같은 가을 단풍입니다.

∟ 장안사의 가을을 새삼 느낍니다. 조만간 어머님의 정취를 느끼고 싶어 장안사에 가야겠네요.

∟ 선생님, 사찰 들어서는 입구 오른쪽 봉긋한 풍경과 좌측으로 기운 산의 모양과 절이 딱 장안사 맞습니다. 리얼리즘의 화풍, 너무 따뜻하고 사랑스럽습니다.

∟ 갑자기 장안사를 가고 싶게 만드셨어요. 며칠 안에 다녀와야겠습니다.

∟ 장안사보다 더 "넉넉한(長) 편안함(安)"을 주는데요!

└, 피카소의 그림처럼 마음이 들어간 개성이 느껴집니다.

└, 어머님 그림 볼 때마다 동화작가 이억배 선생님 그림체가 생각납니다.

└, 핵심만 추려서 특히나 색이 변하는 것과 안 변하는 것을 표현하셨네요.

└, 절집 기와지붕을 작게 그리시고 자연을 끌어안으셨네요. 해탈과 무위자연!

└, 장안사 가을이 궁금해지는 그림입니다.

2020년 11월 13일

국화 맞나요?

└, 어머님의 화사한 그림을 실컷 감상하시니
　교수님은 이 가을이 전혀 쓸쓸하지 않으실 듯하군요. 부러워요.

└, 네, 이제는 돌아와 거울 앞에 선 국화 맞아요.
　화사하고 풍성한 국화가 어머님의 삶 같습니다.

└, 꽃병에 있는 꽃이 무늬라고 그리신 건지…
　전 꽃병 속이 어머님 마음같이 보여요.

└, 최근 몇 년간 어머님들의 시화를 심사할 기회가 있었습니다.
　어떠한 시를 읽어도 어머님 마음을 다 헤아리기 힘들더군요.
　눈물만 뚝뚝일 뿐.
　시를 쓴 자체가 자기의 전부인 것처럼 느꼈더랬습니다.
　교수님 어머니의 그림은 온 우주입니다. 사랑처럼예.

└, 꾸밈없는 그림에 매료되는 게 이런 거군요.

└, 착하고 맑은 심성을 가진, 순수 마티스 같아요.

내 나이 90에 내손으로 그려놓은 그림을
보고 있스며 조용은 마음이 평화롭다
나을 뒤해서 열심히 써협 치고있다

2020 11 20일

2020년 11월 28일

전남 백양사 뒤 바위산이 마음에 든다면서 두 장을 연거푸~~
안양 사는 딸네 집에 김치 담가주러 갔다가 돌아오는 기차간의 철도 잡지에서 본 백양사 정경.
항칠 할매는 잘 돌아다니지도 못하고 소재가 없어 늘 아쉽다.

∟ 와, 화풍이 진짜 독특하십니다.
　내가 미술 평론가라면 이 그림에 대해 한참 글을 쓰고 싶은데, 아니라서 긴 글을 못 쓰겠습니다. 최고예요.

∟ 옛날 전래동화책에 나오는 그림 같은데요. 그림이 순수해 보입니다~~

∟ 그림에 집중하는 모습이 참 놀랍습니다.
　이파리 하나하나 바위 묘사가 한 덩어리가 아니라 불룩불룩하게 묘사하는 것. 게다가 종무소 현판까지…
　정말 대단하십니다. 연세를 생각하면… 더더욱.

∟ 명작이십니다. 대단합니다. 백양사 뒤 백학봉으로 보이네요.

∟ 한 획 한 획 섬세하고 정성 가득한 터치, 그림을 자세히 보니 눈물이 나려고 합니다…

덕수궁 돌담 길

2020년 12월 11일   덕수궁 돌담?

항칠할 때는 아무 생각이 없는 모양이다. 사진을 찍는데도 의식을 못 한다.
아래 그림은 누가 그린 덕수궁 돌담을 따라 그린 거다.

∟ 모친께서 덕수궁 돌담이라시믄 덕수궁 돌담인 거지… 맞고 틀린 게 있능교!!

∟ 이른 시절, 재능을 발휘하고 찾을 틈이 없이 지금에 이르렀지만 그 어떤 작가의 작품보다 감동적입니다.

∟ 그림 삼매경~ 건강한 어르신 뵈니 감개무량입니다. 어려운 시대에 큰 희망을 주셔서 감사합니다.

∟ 코로나를 핑계로 나태해져 있는 저희에게 큰 가르침을 주시는 것 같아요.

∟ 친구들에게 자랑했습니다. 우리도 노년에 이렇게 살자.

∟ 맞아요. 제가 서울에서 계속 걷던 그 길입니다.
　덕수궁 돌담길에 아직 남아 있어요. 조그만 예배당 종소리.^^

∟ 푸른 하늘마저 샘하는 초록 잎 지붕 아래 덕수궁 돌담길을 걷노라니 세상 시름 다 가시네.
　동무들 형제들 다 불러 모아 공기놀이해야겠다.

2020년 12월 13일

　전화위복? 길 건너 사는 노모. 심심하면 아파트의 같은 단지 안에 사는 아들이든 딸이든 (주로 딸을) 불러댔었는데, 코로나 이후 색연필로 항칠하는 데 재미를 붙여 쪼매 바쁘다. 그저께 여동생 집에 들렀다가 게발선인장이라는 걸 보고는 눈에 담아와 또 항칠을. 페친 여러분 심심할까 봐 할 수 없이 소개. 내가 그러지 말라고 그랬는데 여동생이 무슨 도장까지 파와 옆에 찍어 놨다. 보기 좀 어색한데.

└ 분홍 꽃 게발선인장 묘사가 정말 좋습니다. 따뜻하고 화려한 색감도요.
　선생님, 작가의 도장이 꼭 필요합니다.

└ 자유로움엔 격식이 필요 없는데…
　도장이 꿔다 놓은 보릿자루 마냥 거시기합니다.^^

└ 어머님 손글씨로 성함을 쓰면 괜찮겠네요.

└ 색감이 너무 아름답습니다. 항칠이라는 단어 참 정감스럽습니다.

└ 둔덕 위에 커다란 게발선인장 화분이 걸어가는
　매우 그로테스크한 작품이옵니다.

└ 코로나 위기를 자아개발 기회로 삼으신
　지혜로운 어머님의 슬기로운 집콕 생활.
　그런 어머님을 응원하시는 효녀 동생분.

└ 웃는 꽃바구니로 꽃이 쏟아져 나옵니다.
　마음이 반듯해집니다. 고맙습니다.

정석조
202
'12

2020년 12월 19일

일렁일렁 흔들거리며 살아 있는 것들.

연꽃을 그리다 마음에 안 들었고 그러다 잠이 들었던 모양이다.
꿈속에서 누군가가 그건 연꽃이 아니야!
해서 깜짝 놀라 일어나 순식간에 그렸다고.

┗, 곧 불꽃이 될 듯. 뭔가 도모 중. 일렁일렁.

┗, 연꽃이 살아 있네요.

┗, 연지출어 니이불염. 진흙에서 피나 더러움에 물들지 아니하고.
　　가치 전도된 오탁악세에서 정토를 염원하시는 연꽃 같은 어머님.

┗, 진짜 흔들리는 느낌이.^^

┗, 따뜻한 기운이 제 마음까지 전해지는 듯합니다~~~

2020년 12월 19일

노모 집에 들렀더니 또 항칠 중이네.

연꽃이 물 위에 피어 있는 건지 허공에 떠 있는 건지 구분이 안 된다.

심심한 분 잠시 일별~~

연꽃은 뻘 밭에서도
아름다운 모습을 드러낸다
나도 연꽃처럼 살다가
생을 맞춰슴 좋겠다

└, 마음을 편안하게 해주시네요. 어머니께서.

└, 승천 중인 것 같습니다.

└, 화가들이 따라가지 못하는 그 무엇이 있어요~~ 순수함을 그대로 마음에 담으신 듯해요~~
　　우왕, 부드럽고 따뜻한 화풍… 어디에도 불안이라고는 눈곱만큼도 없는 진정한 치유의 그림입니다.
　　어머님의 자유 의지와 평화로움이 물씬…^^

└, 보이는 것에 집착하지 마시고, 모친의 마음을 보세요. 오직 보살행뿐이십니다.

└, 참 따뜻한 느낌, 감상할 때마다 마음이 편해집니다.

└, 그림을 그리시는 순간, 어머니의 입가에 머물 미소를 떠올려 보았습니다.

└, 이번 그림도 너무 멋지네요. 어머님 그림을 연재만화 기다리듯 즐기고 있어요.
　　왠지 용왕님과 토끼가 어디선가 나올 것 같은…

└, 마음에 떠 있는 것이겠지요. 마음만큼은 어디라도 다닐 수 있다고 생각하고 계실 수도…

└, "飛翔하는 연꽃" 연꽃 날다…!!!

2021 겨울·봄

집중할 때 열리는 세계

꿈에서 본 풍경을 그리다

2021년 1월 1일   웬만하면 서로 간섭하지 말고 살자!

길 건너 사는 견습생. 최근에는 색연필 대신에 물감으로 연습 중.

이래 칠해 놓고는 배롱나무라고 우긴다.

아래 등장인물들처럼 남의 일에 너무 참견 안 하고 달달 볶지 말고 각자 멀뚱멀뚱 쫌 지냈으면.

ㄴ, 배롱나무의 화사함을 정말 잘 표현하셨어요. 그림 속 사람들은 무슨 사연일까요.

ㄴ, 왜요, 선생님… 진분홍 꽃송이 주렁주렁 달리고 매끈한 가지가 사랑스러운 배롱나무가 틀림없는데요?

ㄴ, 어머님 그림 죽 보아왔는데 현실을 동화처럼 동심처럼 바꾸면서
　　보는 사람 마음을 기분 좋게 명랑하게 해주는 힘이 있으세요.

ㄴ, 그림이 정말 좋아요… 제 짧은 소견으로… 인생의 풍성함이 넘치는 행복한 그림입니다. 부럽습니다.

2021년 1월 17일

코로나로 외출 못 하고 방콕이라 그릴 게 없다더니…
베란다의 화분들을 (상상 속에서) 실내로 옮겨놓고는 항칠.

∟ 너무 실감나서 거실에 들어간 줄 알았습니다…

∟ 갈수록 그림 형상이 뚜렷해지고 색도 밝은 게 안정감을 줍니다. 하늘이 내린 미의식입니다.

∟ 저는 '항칠' 이 단어가 참 좋습니다. 세상 이치를 깨달으신 어머님의 곱디고운 항칠, 아름답습니다.

∟ 어릴 적 진주 외가에서 외조부께서 호통치시던 "오데다 또 항칠이고!"
  그 '항칠' 천지 분간 못 하고 아무 데나 색연필로 크레파스로 그리다가 많이 들었습니다.

∟ 할머니 마음은 언제나 예뻐요. 배우세요.

∟ 그림을 보면 따스함이 배어 있어요…

∟ 작품을 기다리게 하는 매력 품고 계시네요.

2021년 1월 28일

내 차례다!

내
차
례
다

2021
1
22
정덕조

2021년 2월 1일

노모의 눈에는 저래 얌전하게 집중하는 아이가 이상형?

┗ 아들을 그렸네요. 아마 어린 시절의 모습을 생각하시며.

┗ 어릴 때 부잡스러우면 어른 입장에선 성가시죠.
  저도 엄마한테 색연필하고 컬러링북 사드렸는데 보니 어르신들을 위한 컬러링북이 시중에 많이 있더군요.
  교수님 어머님 그림 보여드리고 그려보라고 말씀드렸더니 연습 좀 해야 한다고.
  대단하시다고 몹시 부러워하심. 정말 잘 그리십니다.

┗ 책 읽는 모습이 아드님의 모습 아니겠습니꺼.

┗ 서가에 가득 꽂힌 책, 방안 가득한 초록의 화분, 단정히 앉아 공부에 열중하는 아들, 참 평화로운 광경입니다.

2021년 2월 5일

청사포와 그 주민들을 지켜왔던 300년 넘은 푸른 소나무.

주민들은 배 타고 나간 이들의 안전을 빌고 또 빌었을 테지. 노모는 조금 감동한 눈치다.

소나무 이파리 하나하나가 살아온 나날들로 보이는 모양이다.

2021년 3월 16일

봄이 온 모양이다.

나비들이 쫌 바쁘네.

훨훨 나비 세상.

ㄴ, 오늘 나비와 벌 무당벌레 보면서 행복했던 마음을 할머니가 그리셨네요

ㄴ, 꽃과 나비, 봄이 왔어요. 마을에도 어머님 마음에도.

ㄴ, 꽃도 나비도 표정이 다 달라요!

ㄴ, 나비들 몸짓 날갯짓이 다 달라요. 나비마다 마음 쓰시다니 훌륭하세요.

ㄴ, 이 그림 딱 제 스타일인데요! 너울너울 나비춤 추고 싶어져요~~~

ㄴ, 와, 날이 갈수록 기법도 형체미도 세련을 더합니다.

2021년 3월 22일

　　열흘 전쯤 통도사 서운암에 다녀왔다. 암자 조금 아래쪽에 있는 덩치 큰 소나무 두 그루와 벤치 하나. 그 벤치에 앉아 이런저런 수다를 떨었다. 노모의 눈에는 그 순간이 이렇게 비친 모양이다. 봄날 서운암의 추억? 산들바람에 실려 오는 솔향이 문득 고맙고, 이 작은 순간들이 억겁의 시간만큼 귀중하다는 느낌이 스쳐 지나간다.

└ 부부 소나무에 아들, 딸 소나무. 오손도손 정겹습니다.

└ 구상과 추상을 거침없이 넘나드시는군요.

└ 치유의 은덕을 지닌 작품이네요.

└ 프리다 칼로가 보여요. 선하고 기운찬!

└ 아— 감동입니다. 어딘지 알 것 같은…

└ 팔순 넘으신 친정 부모님 모시고 3년 전 김밥 먹었던 추억이 떠오릅니다.

└ 멋진 소낭구 아래 벤치, 힐링이 절로 되겠습니다. 소낭구 그림도 예사롭지 않습니다.

└ 갈수록 힘 있어지는 어머님의 그림입니다. 소나무 가지의 기상에 힘 받습니다!

└ 추사의 소나무보다 꿈틀대는 민중성이 더 역동적이고 살아 있습니다. 선생님, 요거 진심이어요…

2021년 3월 25일

2021 3.25 정성조

2021년 4월 2일

바람에 벚꽃 마구 지는 줄도 모르고, 길 건너 노모는 벚꽃을 한참 항칠 중이다.
벚꽃하고 쫌 비스무리?

∟ 와, 벚꽃 직입니다. 반쯤 더 그릴 거 같은데 완성되면 환상인 벚꽃일 거 같습니다. 어머님, 최에고오!

∟ 벚꽃의 아름다움을 심안으로 보셨네요. 순수함이 그림에 있어요.

∟ 지금 벚꽃은 화창. 현재 어머님 심안도 화창이 아닐는지요.

2021.4.
장 신조

2021년 4월 4일

황령산에서 본 그 벚꽃, 맞나요?

└ 마음이 괜스레 부풀어 오르네요. 봄빛 한 아름입니데이.
  한 잎 한 잎 꽃잎 그리시느라 애쓰신 어머님의 집중력과 끈기 대단하십니다.
  어무이 고맙습니데이.

└ 직접 벚꽃을 보는 듯 기분이 환~합니다. 이렇게 맑은 그림을 이전에 본 기억이 없네요.

└ 그림에 몰입하는 동안의 환한 내면이 화면에 가득합니다. 그야말로 求道行입니다.

└ 와, 환상입니다. 내가 본 어떤 벚꽃보다 황홀합니다.

└ 우~~~~~와 화사한 벚꽃 아래서 노래가 나올듯합니다.
  너무 화사한 분홍 꽃! 최고의 봄을 봅니다. 보는 순간 감탄했습니다. 우~~~와~~~

└ 어머니 맘이 그대로 전달되는 듯합니다. 사랑사랑하시네요.

2021년 4월 9일

우리 아파트 풍경.

우리 아파트에도 봄이 왔다.

2021년 4월 10일

　어제 화가 한 분하고 큐레이터 한 분이 노모에게 벡스코에서 열리는 '아트페어' 구경시켜 주고 싶다며 안내해 주었다. 노모는 다리 아픈 줄도 모르고 이런저런 그림들을 설명 들어가며 한참 돌아보았다. 오늘 자고 나더니 또 보고 싶다며 여동생을 앞세워 아트페어에 또 갔다. 학이 시습지 불역열호? 그림은 그저께 항칠. 벚꽃 나무 사이로 손잡고 노니는 아이들의 뒷모습~~

└ 정화백 님의 그림에서 늘 느끼는 거지만 기법이 화려한 듯하지만 현란하지 않으니 마음이 기뻐합니다.

└ 우리네 가슴 깊은 곳에 잊어버렸던 향수를 자극합니다.

└ 그림이 너무 이뻐요. 손잡은 두 아이는 또 얼마나 귀여운지… 자꾸 보게 되는 그림입니다.

└ 어머님의 느긋하고 따뜻하신 마음을 꽃과 아이에게서 느낍니다. 항칠 선생님의 작풍에 손뼉 짝짝짝…

└ 한 땀 한 땀 놓은 자수 같은 작품. 소중하고 이쁩니다.

└ 따사롭고 꽃 만발한 봄날 나들이… 마음에 간질간질한 행복이 가득 차오릅니다.

└ 선생님 글보다 화가님 그림 보는 재미가 훨훨 재미지고 웃게 되고 참 묘하게 즐거워요.

└ 이건 황칠과 거리가 너무 멉니다. 꽃송이 하나하나 살아 있는데요.

2021년 4월 18일

내가 어쩌다가 호랑이도 다 그려보는구나.

무섭게 그리려 해도 호랑이가 싱글벙글하기만 하네.

호랑이 얼굴이 무서워질 때까지

그리고 또 그려보자.

내가 살고있는 장산,계수지을
그려 보고 파서 에렀다
부족하지만 성공했다
내 나이 90에 지독 하다는 생각의
나는 구나 주인공 감사하다

2021년 5월 15일

비오는 날. 노모는 항칠 중.

장산 대천 호숫가에서 데이트하는 남녀.

두 분 긴장을 쫌 푸시지.

∟ 와, 남녀 손을 잡았네. 역사가 이루어질 데이트를 포착했습니다. 어머이 최곱니다.

∟ 남자는 눈을 깔고 여자는 무슨 말을 기다리고 있는 듯 보여요. 근데 둘의 코가 닮았어요. 끼리끼리.

∟ 어머님께선 긴장까지 그림에 담으셨네요. 색감도 정겹구요. 두 남녀의 두근거림이 들릴 듯합니다.

∟ 눈이 탐색전 중이네요.

∟ 엊그제 피카소 전 구경 다녀왔는데요. 전시작 중 여인의 상반신이라는 작품이 생각납니다.
  교수님 어머님 그림의 특징이라 함은 원근 무시, 하나의 시점 무시.
  르네상스 이후 미술판 최고의 룰 두 가지를 깡그리 깨버린거죠.
  그래서 이집트 벽화 같기도 하고 피카소 같기도 하고.

21.5.19 장정조

2021년 5월 19일

붉은 꽃잎들은 저 멀리 어딘가를 바라보는
이의 뒷모습 같기도 하다.
배 타고 나간 남편 생각?
길 건너 사는 노모의 석탄절 기념 항칠.

┗, 오른쪽으로 바다를 보는 뒷모습도 보이고
　　뭔가 보는 사람에 따라 달리 보일 듯합니다.
　　부처님이 앉아 있는 것 같기도 하고.

┗, 항칠을 넘어~ 이미지 해석에도 동의하지만,
　　다시 보니 당신의 자화상을 곱게 그리셨다는.

┗, 어머님 마음속엔 무엇이 들어 있을까!!!

┗, 스톱해서 한참을 보게 되는 항칠 그림. 따뜻함이 제일 좋습니다.

┗, 평생 어머님과 가족을 지켜드린 마음속의 수호신,
　　후광을 두른 불상으로 보입니다.

정석조

2021년 5월 22일

자주 가는 절간의 '해수관음보살상'을 그렸는데, 무슨 표정인지 꼭 집어 말할 수가 없네.
관음보살은 손이 천 개이고 눈도 천 개라 중생의 고통을 구석구석 살피시느라
때로는 저런 모습으로 등장하시기도 하실 테지.

ㄴ, 자비롭습니다. 벌써 용서받은 기분입니다…

ㄴ, 오묘합니다. 나쁜 놈 소원은 절대 들어주지 않을 분위기입니다.

ㄴ, 표정이 또한 압권입니다.

ㄴ, 마치 토함산에 계신 그분처럼…

ㄴ, 한때 관음이라는 말이 신기했어요.
　　관음이라… 소리를 보다니… 관세음… 세상 소리를 보다니…
　　관음보살 표정이 세상 소리 분석 중이네요.

ㄴ, 너거들 소리 다 듣고 있다. 까불다 죽는다. 똑바로 살아라는 꼴쳐봄!이네에~

ㄴ, 잘 그렸어요. 단번에 지운 흔적 없이 저리 여성적인 느낌을 가득 나타내는 그림을 그리시다니요.

ㄴ, 와, 새로운 한국인의 보살상을 그려내었습니다.
　　오늘을 사는 자본주의의 눈이지만 수수함이 있고 한없이 이웃을 아우르는 온정이 넘칩니다.
　　우리 어무이, 파이팅!

2021년 5월 31일   아버지의 고향과 어머니의 고향

노모는 항칠에 여념이 없다. 어제 들렀더니 이걸 어릴 때 고향 집이라며 우긴다. 장독 단지들이 우째 집보다 더 크네. 식구들은 오손도손. 확대를 해서 봐야 그 동작이 보인다. 영천 고경 백수 마을을 흐르던 냇가에서 빨래하는 여인네들.

저세상 사람인 아버지, 올해 아흔하나인 노모, 두 사람 다 경북 영천 고경면이 고향이다. 아버지는 고경면 대성리, 노모는 고경면 전사리. 대성리는 척박한 곳이라 쌀농사를 못 해 잡곡이 주식이었고, 전사리는 개울도 제법 넓고 수량이 풍부해 쌀농사를 지었다. 나는 영천에서 태어나 금방 부산으로 갔다. 그러니 고향이 어디냐고 물으면 늘 헷갈린다. 꼬맹이 때 친가에 가면 친인척분들이 대개는 키가 작고 피부도 검은 편이었다. 외가에 가면 키도 훤칠하고 피부도 뽀얗고 왠지 인심들도 좋아 보였다. 왜 이런 차이가? 한참 후에야 아, 그렇지 하고 깨달았으니. 쌀밥을 많이 먹으면 피부가 희기 마련이고, 보리 잡곡을 먹으면 까무잡잡할 수밖에. 어떤 유물론자 왈. 먹는 거 그게 바로 그 사람이다. 세끼만 먹으면 왕인데, 왜 그리들 욕심을 내는지.

ㄴ, 어머니 시절 장독간과 조왕신의 위력이 엄청났지요. 시절 이바구를 마구 풀어놓는 그림 푸근합니데이.

ㄴ, 어머님한테 장독이 귀한 존재였나 봐요. 정성을 다해 꾸미셨네요. 배추와 무도 튼튼하게 자라고 있네요.

ㄴ, 교수님, 어머님 항칠이 우리 전통 민화 같기도 하고 서양 동네의 유명한 후기 인상파 화가들의 화풍 같기도 하고.
  아무튼 그림 모르는 제가 봐도 예사롭지 않고 오묘합니다요.

ㄴ, 어머님께서 기존의 틀에 얽매임 없는 어떤 천의무봉의 경지에 이르신 듯합니다.
  아는 게 많은 아들의 눈에 오히려 '걸림'이 있는 게 아닐까요? 천진난만의 그림들 전시회 기다립니다.

ㄴ, 안견의 몽유도원도 같습니다.

2021 여름·가을

일상의 즐거움을 더해

칠불사 계곡, 그리고 청사포 소나무

2021년 6월 3일

나의 살던 고향은 꽃피는 산골 복숭아꽃…

어이쿠 저 복숭아

동네 사람 다 냠냠~~ 하고도 남겠다.

└, 어머나 가족을 넉넉히 먹이고 싶어 하는 어머니의 마음이 고스란히 담겨 있네요.

└, 손오공이 훔쳐 먹을 수밖에 없는 유혹의 복숭아인 듯. 나비 묘사가 실물입니다.

└, 와, 멋집니다. 그림 기법에서 신개념입니다.
   몇 아름이나 되는 저 복숭아를 보면 누구든 군침 흘리고 보고 또 볼 거 같습니다.
   대단한 그림입니다. 우리 어무이, 최곱니더.

└, 어머니 맘속은 모두가 함께 나누는 무궁무진 여유롭고 풍요로운 무릉도원인 것 같습니다~!

└, 퍼들퍼들한 생명의 숨결!!! 아름다운 작품에 놀랍니다…

2021·6·5 정서조

2021년 6월 5일

실물과 항칠.

며칠 전이 노모의 91번째 생일.

작은 며느리가 호접란 화분을 보내주었고,

노모는 그것을 항칠하여 고마움을 전했다(고 주장).

ㄴ 야, 정말 멋지십니다…
   식물과 꽃을 닮은 어머님 마음이 팝콘 알갱이처럼 그림 속에서 마구 부풀어 오르는 느낌~
   항칠 작가님의 생신 축하드립니다.

ㄴ 연꽃까지 피우신 어머니 꽃병이 싱그런 느낌을 더합니다.

ㄴ 만물을 담아서 다시 살아나게 하시는 재능 파이팅.

2021.6.25.　어린 시절 고향 생각

소재가 없어 못 그리겠다니까,

코치인 여동생이 어릴 때 살던 **고향 생각**을 해보라고 했다.

그랬더니 이렇게.

2021년 6월 17일

베란다에서 씩씩하게 잘 자라고 있는 관음죽.

관세음보살 대나무.

└, 관음죽의 푸름이 정말 생기있어 좋습니다.

└, 와, 감탄. 어머님만의 독특한 미의식을 가졌습니다. 대단합니다.

2021년 7월 7일

비도 오고 해서 며칠 만에 노모 집에 들렀더니 벽에다 이런저런 꽃들을 새로 항칠해 붙여 놓았다.
연꽃, 수국, 모란. 꽃 그림을 보니 마음이 쫌 환해지기는 한다.

└, 저도 마음이 환해집니다.

└, 어머니 모시고 연지 한번 다녀오시지요~
　무안 회산방죽만 못해도 인근 경주나 진주 예하리 연지 보여드리시면 어떨지.
　화분 연화를 넘어 연꽃 밭떼기를 모친의 그림으로 보고 싶습니다.

2021.6.16정설고

2021년 7월 어느 날

2021년 7월 10일   지리산 칠불사 계곡 휴가

큰아들, 작은아들, 큰딸, 작은딸과 지리산 칠불사 계곡에 놀러 갔다.

일 년에 형제간에 한 번 모이면 시끄럽다.

다 큰 애들이 물속에서 퐁당거리며 노는 모습.

하하 호호! 하하 호호!

2021년 7월 30일

항칠 할매가 요새는 쉬엄쉬엄. 호랑이를 여러 번 그려보는데 잘 안 되는 모양이다.
호랑이가 하나도 안 무섭게 생겼다. 여러분들 뭐하시오? 하고 물어보는 거 같네.

∟ 되게 무섭습니다! 물려서 죽는 줄 알았습니다…

∟ 물고기가 음표 같아요.

∟ 호랑이가 묻자 물고기가 오선지에 음표를 그렸습니다.

∟ 너무 더워서 나도 물에 함 들어가볼까 생각하나 봐요.

∟ 그 어렵다는 호랑이까지, 와아…! 달맞이엔 노자·장자 배우던 선생님의 호랑이 미술관도 있습니다.

∟ 와, 어머니가 한국 민화를 공부한 것 같지가 않은데, 호랑이를 향한 우리의 인성을 그대로 드러내었어요.
　무서운 공포의 호랑이가 아니라 누구에게나 친근한 88올림픽 마스코트 같은 이미지를 그려내었습니다.
　우리 어무이 최곱니다. 더위 잘 보내이소.

∟ 물고기 잡는 법을 몰라 어리둥절한 호 선생…

∟ 우리 민화 '까치 호랑이' 닮기도 했고, 19세기 세관원 출신 프랑스 화가 앙리 루소 그림이 떠오르기도 합니다.
　뒤늦게 그림을 그린 점이 루소랑 비슷하기도 하고요.

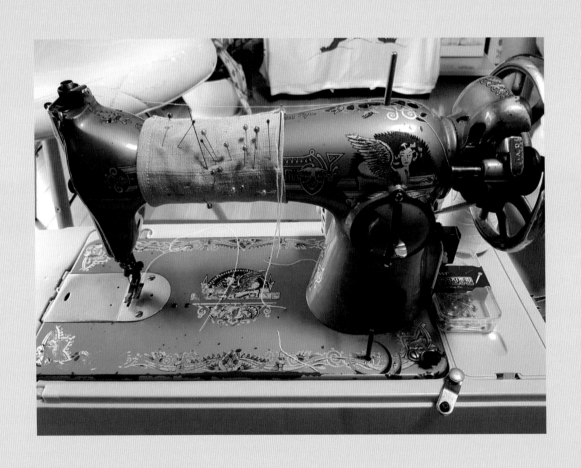

2021년 8월 1일

　65년 정도 된 일본제 재봉틀. 결혼 후 영천을 떠나 부산에서 살던 노모에게 안겨준 남편의 선물. 형편이 쪼들려 집안 살림살이를 내다 파는데 재봉틀만은 안 된다며 노모가 머리에 이고 출발, 완행열차 10시간 정도 타고 영천 임포역 도착. 두어 시간 걸리는 고개를 넘어 시댁인 대성리까지 운반. 이후 먹고살 만해지자 다시 부산으로 가져왔다고. 저걸로 애들 옷 해 입히고 수선하고 유래가 좀 있는 물건이다. 들어보니 엄청 무겁다. 15kg 정도. 뱃속에 아이(남동생)까지 든 20대 중반의 아줌마가 저 무거운 걸 어떻게 이고 간 거야. 어제저녁 노모 집에 들렀더니 막내 여동생이 이제 물려받았다며 그 앞에 앉아 있네. 흐물쩍 지나가는 시간, 피해갈 수 있는 시간 같은 건 없다. 다 닥친다. 재봉틀을 보고 있자니 이런 생각이 드네.

2021년 8월 20일

수도하는 스님을 지켜주는 호랑이!
어디 벽화에서 보고 기억해서 그렸다고.

2021 8.20 청서

2021년 10월 7일

　길 건너 노모 집에 며칠 만에 들렀더니 그동안 청사포 소나무를 항칠해놨다. 등대도 보이네. 두어 달 전 바로 옆 조개구이집에서 노모랑 낮술 한 적이 있는데 그때 기억을 되살려 그린 모양이다. 거기서 보면 소나무가 저렇게 엎어질 듯 보이기는 한다. 술을 마셨는데 술병은 안 보인다.

└ 춤추는 나무, 말하는 미술.

└ 와, 어무이 화풍이 독특합니다. 경지에 들어섰습니다.

└ 어머님 그림이 유명 민화 같아 의심스럽군요!
　집으로 보내주심 인사동에서 감정해볼게요.

└ 어머님 그림이 점점 더 신화의 경지로 접어드는군요.

└ 수민이네 앞마당. 아이구, 나무 움직이는 거 봐.
　엉덩이 아니 뿌리 가벼운 나무네요.

└ 우와 비비드해요! 크리스마스 트리 같아요.

└ 나무가 살아 있는 듯, 반지의 제왕에 걸어 다니는 나무처럼요.

└ 실물보다 더 살아 있습니다. 아름다운 그림이어요.

└ 참으로 멋집니다. 한 번 보면 잊히지 않을 만큼!

2021년 10월

노모가 남편이
보고 싶었던 모양이다.
국화 대신에 국화 그림을~

2021.10.1 정 산조

ㄴ 어머님이 참 애틋하십니다.
   그 심정 어떨까 참 먹먹합니더.

ㄴ 뭉클합니다.
   생사를 넘어서 뚝배기처럼 은근한 사랑입니다.

ㄴ 와, 이렇게도 아름다운 사랑을 표하다니,
   그저 존경으로 허리가 숙여집니다.
   우리 어무이, 최고.

ㄴ 너무나 아름답습니다~~~!!
   발상의 전환입니데이.
   멋진 어머님의 사랑이네요 아버님에 대한.

후일담

코로나 와중에 그림 그리기에 전념한 항칠 할매의 뒤치다꺼리를 하느라 막내 여동생 장양경이 조금 바빴다. 재택근무, 온라인 수업, 집합 금지 등 어수선하고 낯선 상황 속에서도 노모의 시중을 들어야 했다. 색연필이야 도화지야 자주 사 날랐다. 노모는 나무둥치를 많이 그려 고동색 색연필이 빨리 닳는다. 그러면 노모는 동네 문방구에 들러 고동색 색연필을 직접 사 오기도 한다.

그림 전체를 죽 훑어보니 노모가 현장에 가서 두 눈과 몸으로 확인하고 돌아와서 그린 것들이 더 생동감 넘친다. 현장은 언제 어디서나 살아 있다. 한번은 막내가 노모 준다고 작약 꽃다발을 가져왔길래 어데서 땄노? 하고 째려봤더니 교정에서 따왔다고. 다른 사람이 따주길래 가져왔다는데. 글쎄. 노모는 마냥 즐겁다. 그 길로 곧장 장안사로 갔다. 별꽃, 큰개불알꽃, 팽이밥꽃이 도처에 피어 있다. 별꽃은 이름도 모양도 이쁘다. 이런 게 기적이지.

도피의 삶은 당당하지 않다. 그러므로 이 그림책은 코로나라는 인생 역경의 한고비를 넘어간 어떤 할머니의 삶을 증언하는 기록인 셈이다. 막내의 전언에 의하면, 노모는 이렇게 말했다고 한다.

"살면서 나를 위해 뭔가를 해본 적이 없었는데
이제야 나를 위해 뭔가 하고 있으니 행복하다."

항칠 할매의 매니저 역할을 한 막내는 다양한 표현과 재미를 고려해 처음에는 파스텔, 아크릴 물감, 수채 물감, 크레파스 등으로 그려보게 했고, 세심하게 관찰한 결과 색연필로 그려야 손의 떨림이 최소화되고 스케치 윤곽 내에서 색칠하기 쉽다는 것을 알게 되었다. 노모에게는 색연필이 제일 편한 그림 도구였다. 어떤 화가분의 평가에 의하면 관찰력이 있는 편인 노모는 그렇게 차츰차츰 그리기에 익숙해졌고, 노모의 눈에 비친 풍경과 추억은 자기만의 개성적인 스타일로 태어났던 것이다.

아래 소개하는 사진들은 노모가 이런저런 삶의 현장과 만나고 있는 장면들이다. 그림의 이해에 혹시 도움이 될까 해서 함께 싣는다. 이 책을 읽어준 여러분의 관심과 애정이 고마울 따름이다.

✳ 아흔에 색연필을 든 항칠 할매 이야기

ⓒ 2021, 정석조·장희창

그림	정석조
글	장희창
초판 1쇄	2021년 12월 27일
2쇄	2022년 01월 11일
편집	임명선 책임편집, 박정오, 하은지, 허태준
디자인	전혜정 책임디자인, 박규비, 최효선
그림 촬영	최우창
미디어	전유현, 최민영
마케팅	최문섭
종이	세종페이퍼
제작	영신사
펴낸이	장현정
펴낸곳	호밀밭
등록	2008년 11월 12일(제338-2008-6호.)
주소	부산 수영구 연수로357번길 17-8 1층
전화, 팩스	051-751-8001, 0505-510-4675
전자우편	homilbooks@naver.com

Published in Korea by Homilbooks Publishing Co, Busan.
Registration No. 338-2008-6.
First press export edition Decemmber, 2021.

ISBN 979-11-6826-021-4 03810

※ 가격은 겉표지에 표시되어 있습니다.
※ 이 책에 실린 글과 이미지는 저자와 출판사의 허락 없이 사용할 수 없습니다.